Les
extra-chats

Thérèse F.

Illustrations d'Emi...

tire lire poche

A Pascal Wallers

Julien Douard c'est moi ! Julien est un prénom à la mode, tellement à la mode qu'on est
trois Julien dans la classe : Décotis, le premier
en tout, Barret le costaud tout en muscles qui
fonce et quand on dit : « Barrez-vous, v'la Barret », on a intérêt à mettre les bouts, et puis
moi, le plus grand par la taille et sans doute
le plus cloche puisque les autres copains me
reprochent d'être toujours avec les filles. C'est
drôle, les filles moi j'les aime bien et puis au
moins avec elles on peut parler de tout. L'autre jour, Véronique m'a dit :

— C'est chouette que tu t'appelles Julien et pas Jules. Remarque, a-t-elle ajouté, du temps de César, Jules était sûrement un beau prénom.

Et voilà que là-dessus on se met à parler de César. On est tombé d'accord qu'il nous plaisait pas parce qu'il avait vaincu Vercingétorix et qu'il faisait souvent couper les mains des prisonniers. Quelle horreur ! Si on y réfléchit, César était beaucoup moins drôle que le César qu'on nous présente dans « Astérix ».

Bref, je ne sais pas comment de César on est passé à césarienne, Véronique m'a raconté que son petit frère qui a six mois était né comme ça parce qu'il risquait d'être étranglé par le cordon ombilical qui s'enroulait autour de son cou. Je sais comment naissent normalement les bébés, mais pour la césarienne, l'idée qu'on ouvrait le ventre de la maman m'impressionnait. Véronique m'a vraiment bien expliqué. Finalement ça rassure d'avoir le courage de regarder en face quelquechose qui fait peur.

J'ai voulu à mon tour en parler à Barret. Il a ricané :

— La césarienne, tu t'en fiches, elle peut bien te raconter n'importe quoi, Véronique, t'écouteras toujours la bouche ouverte parce que t'es amoureux d'elle.

Il est bête, Barret ! Bête à manger le foin que je lui ferais bien avaler pour qu'il s'étrangle avec ! C'est vrai, j'aime discuter avec Véronique, mais de là à être amoureux... Je peux tout autant être amoureux de Charlotte, de Karine ou de Stéphanie... Lui, en tout cas, Barret, il les méprise les filles, c'est net, déjà au cours préparatoire, c'est lui qui gueulait le plus fort : « Les filles, toutes des quilles ».

C'EST CHOUETTE QUE TU T'APPELLES JULIEN ET PAS JULES.

Ce qui me préoccupe aujourd'hui c'est ni Décotis, ni Véronique, ni Barret, c'est les deux nouveaux. A se demander de quelle planète lointaine ils arrivent ! J'ai bien vu que même le maître se pose des questions à leur sujet. Ça lui paraît pas naturel ! A personne d'ailleurs ça paraît naturel, et même qu'à Barret ça lui en bouche un coin.

Bon, mais il faut que je commence par le commencement et que je n'omette aucun détail si ceux qui liront cette histoire veulent me suivre dans mon enquête. Allons-y pour le flash-back, comme au cinéma.

D'abord cette nuit j'ai fait un affreux cauchemar. Deux extra-terrestres verdâtres avec au milieu du front un terrible œil unique comme le Cyclope qui terrorisa Ulysse[1] m'enserraient dans leurs bras, articulés comme ceux de certains insectes, puis ils me relâchaient et je m'apercevais que paralysé, il me devenait impossible de remuer mes membres. L'un d'eux m'ouvrait alors la bouche, la maintenait béante et l'autre y enfournait à grandes louchées des lettres et des mots sortant d'un immense chaudron fumant. Difficile d'avaler toutes ces paroles savantes qui se coinçaient et s'entrechoquaient dans ma gorge. J'ai dû crier pourtant dans mon sommeil puisque mon père et ma mère se sont précipités dans ma chambre.

---

(1) *Ulysse :* Héros d'une épopée, l'Odyssée, attribuée au poète grec Homère, écrite environ au VIIIe siècle avant Jésus-Christ. L'histoire de Polyphème le Cyclope racontée par M. Véran nous a passionnés.
Epopée signifie récit dans lequel la légende se mêle à l'histoire pour célébrer un héros. La chanson de Roland est une épopée.

— Que se passe-t-il Julien, tu te sens mal ?

A peine revenu à la réalité et soulagé de me retrouver dans mon lit, j'ai raconté le rêve, serré au milieu d'eux, dans leur chaleur protectrice. Mais ce matin, je me sentais la tête lourde. Aucune envie d'avaler quoi que ce soit, j'avais ingurgité trop de mots pendant la nuit. Je me suis défilé en douce. J'étais en retard. Véronique ne m'avait pas attendu. J'ai couru... Ouf ! Tous les élèves se trouvaient encore dans la cour, formant un grand cercle autour de deux nouveaux.

Pourquoi ils m'ont immédiatement fait penser aux deux vaches rousses de ma grand'mère ? Probablement à cause de leurs cheveux de flamme et de leurs taches de rousseur. En plus, ils diffèrent totalement de nous : les vêtements, l'allure, la démarche, les manières...

Je me suis faufilé dans mon groupe et me voilà !

Barret me pousse du coude en lorgnant les deux phénomènes.

— T'as vu ? D'où y débarquent ces deux-là ?

Les deux nouveaux, en fait, un nouveau et une nouvelle, enfin le frère et la sœur et peut-être même des jumeaux, sont pour le moins curieux. La fille a des cheveux carotte, de la même couleur et tout aussi raides que ceux de son frère mais un peu plus longs, ce qui permet de les différencier, car pour le reste... Ils portent des espèces de blouses noires qui s'arrêtent juste au- dessous des genoux, des collants également noirs et c'est vrai que le garçon a des mollets de coq. Leurs chaussures basses sont tellement bien cirées qu'on les dirait vernies. Deux cols ronds, blancs et glacés sur lesquels s'étale un large nœud noir tranchent sur leur vêtement sombre. Peut-être sont-ils orphelins ? De nos jours, les enfants ne se mettent plus en noir lorsqu'il se produit un deuil dans la famille. Ma parole, on dirait mes arrière-grands-parents sortis des cadres de leur photo d'école.

Les deux nouveaux sont donc plantés là, au milieu de la cour, tous les yeux braqués sur leur personne. Ce serait amusant de voir ce que dans chaque tête on pense d'eux.

La sonnerie a retenti avec six bonnes minutes de retard. Nous nous installons à nos places habituelles. Monsieur Véran, le maître se pince le pavillon de l'oreille, signe chez lui d'un certain embarras. Les deux nouveaux sont figés raides au milieu de notre arène sans taureaux et sans toreros. Où va-t-on les installer ? Eh bien voilà, c'est fait ! Le garçon s'est glissé à côté de Rambert, le plus nul et le plus flemmard de la classe. Sa sœur s'est assise près de moi. C'est drôle, ç'aurait été une fille normale, j'aurais été plutôt content, mais là, franchement comme elle est étrange, je me sens gêné.

M. Véran a ouvert son registre des présences.

— Voyons, les deux nouveaux, comment vous appelez-vous ?

Ils se sont dressés d'un jet comme deux cierges noirs à collerette blanche dont la flamme aurait vacillé. (Sûr qu'à ce moment-là je ne connaissais pas le sens du verbe vaciller !)

— Je suis Gudule Atlantis et voici mon frère Gédéon. Nous aimons beaucoup nos prénoms

dont le commun des mortels se gausse le plus souvent.

Elle se tourne vers le reste de la classe qui se moque en effet de ces prénoms ridicules en étouffant des rires narquois. Mais les rires s'éteignent vite. Le regard-laser dominateur et impérieux de cette Gudule les pulvérise. Décotis qui se trouve derrière moi se penche pour me chuchoter à l'oreille :

— Ils ont un de ces vocabulaires ! Le Gédéon, avant ton arrivée, ce matin, a déclaré à sa sœur quelque chose de ce genre : « J'ai la perception très nette que nos parents se sont fourvoyés en nous envoyant dans cette école. On n'y parle pas un langage très châtié. »

— T'entends, Douard, châtié qu'il a dit le nouveau ! Tu sais ce que ça veut dire, toi, châtié ?

J'ai répondu « non » ! Mais le soir même j'ai cherché dans le dico et j'ai vu que ça signifiait : parler un langage pur et correct. Avec les nouveaux, on n'avait pas fini de l'ouvrir le dico !

Il y eut des jours où je me demandais si M. Véran n'avait pas inventé les robots de Gudule et de Gédéon pour nous inciter à apprendre le bon français. Mais non, ils étaient bien vivants. La peau de Gudule était tiède quand je lui ai pincé le bras pour voir. Elle a sursauté comme si un serpent l'avait piquée en répliquant avec colère :

— Quel goujat, quel malotru, ma parole tu descends en ligne directe des australopithèques !

Quelle aurait été sa réaction si je lui avais fait un bisou sur la joue ? Il faudra que j'essaie.

Gudule respire normalement aussi, avec comme nous le souffle plus court quand on joue dans la cour à la déli-délo.

D'où venaient-ils ces deux êtres dont les connaissances nous ébahissaient, Atlantis Gudule et Atlantis Gédéon, ces deux G.G. ces deux G.A. G.A, qui loin d'être « gagas », raflaient toujours les meilleures notes ? Décotis en attrapait des coliques vertes de dépit. Il avait beau s'accrocher, le pauvre, il arrivait troisième et avec un tel fossé, le séparant des deux têtes de liste que tout était, sans jeu de mots, bien faussé. Tout le reste de la classe se retrouvait avec des notes minables absolument décourageantes. M. Véran, hypnotisé par les résultats scolaires fabuleux des deux prodiges, ne jurait plus que par eux et ces louanges permanentes nous enfonçaient davantage dans notre médiocrité. Ces deux G. deviendraient vite haïssables. Nous allions les vomir avec tous ces mots qu'ils nous forçaient à avaler. Pourtant ces deux G. là ne ressemblaient nullement aux monstres verdâtres de mon rêve. Leur peau fraîche avait le velouté et la couleur délicate de certaines roses-thé du jardin de ma grand- mère, et bien que verts leurs yeux n'étaient pas des yeux de vipère ; toutefois... leur profondeur étrange m'inquiétait.

Il était difficile de haïr les deux G. même Barret n'avait pu y parvenir. Barret, le dur, je le soupçonnais même d'être amoureux de Gudule. Ça le flattait de penser qu'elle venait peut-être d'une planète plus évoluée que la nôtre. Nourri de feuilletons-télé de science-fiction, il répétait à qui voulait l'entendre :

— Je parie tout ce que vous voulez, mais ils ne sont pas de chez nous !

Si j'arrivais à prouver le contraire, je pouvais, moi Douard, gagner tous les paris avec Barret, mais pour gagner quoi ? Quelques agates, des images de collection. Autrement plus fascinant de penser que les deux G. étaient des extra-terrestres ! Allais-je y croire moi aussi ?

Véronique aurait voulu porter une blouse et des collants noirs comme Gudule, mais sa mère a refusé tout net.

— Tes cheveux sont trop foncés, tu aurais l'air d'un oiseau de mauvais augure.

— Mais, maman, avec un col blanc ?

— Pour ressembler à une pie ? Ah non, merci tu jacasses assez comme ça !

Moi, je pense qu'elle aurait été très belle, Véronique, vêtue de cette manière. Ce noir n'est vraiment pas triste. C'est un satin de coton qui brille un peu m'a expliqué Gudule. Et elle a ajouté que sa mère trouvait cette tenue sobre mais élégante, très appropriée au sérieux des études scolaires. Nous, elle nous trouve débraillés, Gudule, avec souvent plein de couleurs qui jurent ensemble. C'est vrai que les pois avec l'écossais ou le pied de poule avec le Prince de Galles, c'est pas génial ! Avant l'arrivée des deux G. on s'en foutait salement. Après les crapahutages dans la cour, le salement est on ne peut plus juste, mais Gédéon aurait dit, lui, avec un rire désinvolte : « On s'en moquait éperdument ! »

Avec les deux G. jamais un mot plus haut que l'autre, mais quels mots, je vois bien que M. Véran est subjugué. A se demander si ce ne sont pas véritablement les deux G. qui font la classe ! Si les complexes ça pouvait se voir, on constaterait qu'il nous en a poussé partout. On se ferait peur dans la glace. Même Barret commence à avoir honte de son ignorance crasse. Forcément il est en plus amoureux ! M. Véran est persuadé que la présence de Gédéon et de Gudule nous stimule et que nous progressons sans nous en rendre compte. Or, les notes qu'on obtient ne peuvent pas nous remonter le moral. Il y a un tel écart entre les deux G. et nous...

L'autre jour, il fallait de mémoire résumer le livre de bibliothèque emprunté la semaine précédente. C'est vrai qu'on les emporte chez nous les livres de « bibli » mais on est combien à les lire ? Le maître a beau nous répéter que c'est en lisant pour notre plaisir qu'on deviendra forts en français et en orthographe... Il faudrait vraiment que les histoires soient passionnantes et faciles à lire. Barret, lui, ne lit que des bandes dessinées et quand je dis « lit » je pense qu'il regarde seulement les images sans se préoccuper le moins du monde des bulles, alors, forcément, il comprend tout de travers et en plus, M. Véran lui répète toujours :

— Barret, votre vocabulaire est très très très pauvre. C'est bien simple, vous ne parlez que par onomatopées. On ne dirait vraiment pas que vous avez plus de deux mille ans de civilisation derrière vous !

Comme bien entendu personne n'était capable de comprendre le mot onomatopée, c'est Gédéon qui en a donné la définition :

— Une onomatopée est un mot dont le son imite soit celui de l'objet qu'il représente comme tic-tac, soit celui de l'animal qui le produit comme miaou, ouah, ouah !...
Crac, Boum, Splatch, toutes les imitations de bruits sont aussi des onomatopées.

BARRET, VOUS NE PARLEZ QUE PAR ONOMATOPÉES

Gudule et Gédéon, eux, avaient particuliè-rement bien réussi le compte-rendu de leur livre. Ça m'agace ! Plus je réfléchis aux deux G. plus je me dis qu'ils ne sont pas normaux, ou alors c'est nous qui ne le sommes pas mais comme nous sommes drôlement plus nom-breux, ça fait un nombre impressionnant d'anormaux et ça c'est pas normal ! Aussi avec Véronique, on a décidé de mener une enquête chacun de notre côté et on se communiquera nos découvertes. Il faudrait quand même savoir d'où ils viennent ces deux-là !

Jusqu'à maintenant, je me suis contenté d'observer Gudule. Comme elle est à côté de moi, c'est finalement bien pratique ! Elle est nette, précise et plutôt réfrigérante, Gudule ! Je ne lui ai pas fait la bise que je m'étais promis de lui faire. Il faudrait que je suggère à Barret d'essayer pour voir ce qu'elle dirait ? Mais Barret serait furieux de constater que j'ai découvert ce qu'il croit être un secret, son admiration pour Gudule et il me démolirait le portrait. Finalement elle m'intimide moi aussi, mais je ne suis pas du tout sûr de l'admirer.

Elle s'exprime d'une manière trop savante. Au début, on se demandait même si avec son frère c'était bien le français qu'ils parlaient. C'est vous dire les mots compliqués qu'ils emploient.

Ils parlent donc beaucoup, mais il ne s'établit pas de véritable communication entre nous. Gédéon et Gudule, c'est comme s'ils étaient enfermés dans une bulle invisible. Et voilà que cette bulle me fait immédiatement penser à celles des bandes dessinées et à la remarque de M. Véran qui affirme que Barret ne les lit plus. Notre cerveau réalise de drôles d'associations ! J'ai imaginé que notre vie à l'école se déroulait comme une bande dessinée, que les deux G. étaient des mots échappés du dictionnaire qui auraient pris forme humaine pour raconter notre vie et que moi, comme Barret, je regardais les images mais sans pouvoir lire et comprendre le sens de ces étranges bulles qu'étaient Gudule et Gédéon.

Le sens de la vie, c'est pourtant rudement important. Les adultes ne parlent que de ça : donner un sens à sa vie ! Est-ce que la découverte de plus en plus de mots aiderait à le découvrir, ce fameux sens ? Moi, plus j'apprends, plus j'ai l'impression de me perdre dans un fouillis inextricable d'idées que je n'arrive pas à démêler... Peut-être n'est-ce qu'une impression que ma paresse renforce... Plus j'étudie, plus je me rends compte de mon ignorance. On n'a jamais fini de s'instruire et la simple pensée qu'un savant lui- même ne sait pas tout, devrait tout simplement m'émerveiller et m'encourager à progresser dans la connaissance de toutes choses...

J'ai décidé de commencer sérieusement mon enquête, d'autant que je soupçonne Véronique d'en savoir déjà plus que moi. Forcément, elle est toujours collée aux semelles de Gédéon.

Les objets que Gudule trimballe dans son cartable ne m'ont pas beaucoup renseigné. Ils sont tous marqués à son nom, même les crayons qu'elle a entaillés au bout avec son canif pour y inscrire : Gudule Atlantis, Gudule Atlantis, Gudule Atlantis... Elle les prête mais à condition qu'on les lui rende aussitôt. Cette méticulosité enchante M. Véran : cahiers calligraphiés, marges respectées, titres soulignés, en bleu, en rouge, en vert. Moi ça m'agace ! Trop c'est trop !

Quand je lui ai demandé où elle habitait, j'ai eu la nette impression qu'elle me trouvait indiscret. Elle a répondu d'un ton distant qui m'a cloué le bec :
— De l'autre côté de la ville...
C'est vague ! Et de l'autre côté de la ville c'est justement les terrains vagues et les petites maisons isolées par le mur clos de leur jardin. Ça me ferait peur d'aller là-bas tout seul.

J'habite tout près de l'école et je n'ai pas la permission de trop m'éloigner de la maison sans être accompagné. Mes parents sont intransigeants là-dessus. Pourtant Gudule et Gédéon font bien le chemin, eux ! C'est vrai qu'ils sont deux. S'ils habitent vraiment dans une maison à l'autre bout de la ville et si je veux m'en assurer, il va bien falloir que je les suive. Pas question de fixer un rendez-vous avec Véronique si je n'ai rien découvert les concernant. Je sais bien que ça me vexerait d'arriver bredouille.

Aujourd'hui mardi, jour de Mars dirait sentencieusement Gudule, j'ai décidé d'entamer ma filature. Mardi, c'est donc le jour de Mars, lundi de la Lune, mercredi, Mercure, jeudi, Jupiter, vendredi, Vénus, samedi, Saturne. Elle m'a appris ça Gudule. A mon avis, elle connaît notre système solaire par cœur et probablement aussi d'autres systèmes. Vient-elle d'une autre galaxie ?... Dimanche, c'est pas Neptune, c'est quoi alors... En anglais, Sunday, dimanche, c'est le jour du soleil, mais dimanche, dimanche... je ne voyais pas... croyez-moi ou croyez-moi pas... : Gudule savait que dimanche vient de *dies dominicus,* deux mots latins qui signifient le jour du Seigneur, le jour consacré à Dieu et au repos dans les civilisations chrétiennes.

Le plus dur, c'était de pouvoir disposer de deux heures après la classe sans que ma mère s'inquiète. Mon père, lui, rentre à sept heures de la fabrique de meubles où il travaille. Il gagne suffisamment d'argent pour nous « entretenir », comme il dit, ma mère et moi. Il préfère qu'elle reste à la maison à tout bien organiser pour qu'on ait nos aises. Il répète toujours qu'il est un bon mari et un bon père.

Et si je suis enfant unique c'est pour que ma mère n'ait pas trop de travail à la maison. Il adore, après sa dure journée de travail, « profiter de notre petit bonheur à nous trois ». Moi, ça m'aurait plu d'avoir une petite sœur ou un petit frère, comme Véronique. Elle, elle est pas obligée de rentrer à quatre heures et demie pile ! Ses parents travaillent. Le petit frère, c'est une nourrice qui le garde. Véronique a la clé de la maison. Son père ou sa mère lui téléphonent pour savoir si elle est bien rentrée mais pas avant cinq heures ou cinq heures et demie, ce qui lui donne un peu de temps, ils lui laissent souvent une liste de commissions à faire. Ses parents sont tous les deux médecins biologistes. Ils ont monté un laboratoire d'analyses. Mon père dit avec envie qu'ils se ramassent plein de pognon et ma mère lui rétorque toujours :

— Tu sais bien Maurice, les grosses situations c'est en faisant des études qu'on les décroche. Julien faut l'y pousser !

A quoi mon père répond :

— N'empêche que des diplômés y'en a plein qui trouvent pas d'boulot et qui sont au chômage !

Alors moi, j'sais plus trop quoi faire. Si seulement j'étais sûr qu'il vaut mieux être au chômage avec des diplômes que sans ? Bon, j'ai encore « digressé », je « digresse » beaucoup et ça irrite M. Véran, mais c'était pour expliquer que ma mère s'inquiète dès que j'ai seulement dix minutes de retard.

L'alibi — on dit ça dans les films policiers et j'ai pas eu besoin de Gudule pour apprendre la signification de ce mot — je l'ai assez vite trouvé. Ma mère apprécie parfois que je fasse mes devoirs avec Décotis parce que c'est le premier de la classe, je veux dire c'était, car depuis l'apparition des deux G... Nous sommes presque voisins. Ma mère et la sienne se rencontrent souvent au supermarché.

Ce soir, j'ai prévenu que j'allais chez Décotis pour préparer le contrôle de maths. Décotis, lui, est d'accord pour dire à sa mère qu'on va tous les deux au terrain de foot et que je l'attends en bas. Au cas improbable, mais il faut tout prévoir, où ma mère téléphonerait à Mme Décotis, elle comprendrait qu'on est allé se délasser avant la révision. Il est sympa « Déco » et sa mère aussi, moins sur son dos que la mienne et pourtant il est fils unique lui aussi, comme quoi...

Toute la journée je l'ai vécue dans les transes de savoir comment allait se passer ma filature. Plusieurs fois M. Véran m'a rappelé sur terre.

— Voyons, Douard, encore dans la lune ?

Il ne croyait pas si bien dire. Dans la lune ? Au-delà de la lune, oui, en plein cosmos, au milieu des trous noirs de mon ignorance sur l'origine subodorée extraterrestre des deux G. Subodorer bien que relevant d'un parler familier est un mot difficile et encore un mot de Gudule, naturellement. J'ai vérifié dans le dictionnaire qui n'a jamais autant circulé dans la classe. M. Véran se frotte les mains.

VOYONS DOUARD ENCORE DANS LA LUNE ?

Donc, après un clin d'œil de connivence à Décotis, j'emboîte à vingt mètres derrière, le pas aux deux G. avec le cœur battant dans la gorge et le souci aigu comme tout détective qui se respecte de ne pas me faire repérer. Je suis prêt à me dissimuler dans l'encoignure d'une porte, derrière une pompe à essence ou une poubelle.

Ne verrai-je pas mes deux lascars s'évanouir comme par enchantement — ne seraient-ils qu'un cauchemar scolaire — ou bien se faire enlever par la soucoupe volante qui chaque soir vient les cueillir sur la place de la Mairie pour les emmener dormir sur leur lointaine planète ? La soucoupe, on en aurait déjà entendu parler. Or ici, pas encore lu de ces histoires d'O.V.N.I. qui « défraient tant la chronique », termes qu'il convient d'employer dans ce cas de figure, n'eussent pas manqué de préciser les deux G.

Pas de soucoupe sur la place de la Mairie que Gudule et Gédéon traversent côte à côte posément. Ils ont même fait rudement attention, attendu le feu rouge et l'apparition du bonhomme vert avant d'aborder le terre- plein. Tiens, les voilà qui entrent dans une des peti- tes boutiques qui bordent la place et qui s'intitule : *A la Tentation.* Je me dissimule derrière la colonne de la fontaine. Dans la vasque, un lion crache indéfiniment sa colère sous la forme d'un jet puissant qui m'éclabousse. Pas l'air commode, le lion !

Je vois bientôt ressortir les deux G. qui déroulent sur leur langue avide deux longs rubans de réglisse bien noire. Ces extra-terrestres-là partagent bien les goûts des enfants terriens. Je regrette fort de ne pas avoir le moindre sou au fond de mes poches. En fait, ma mère me donne bien rarement de l'argent, une pièce par ci par là. Elle préfère acheter elle-même, si bien que je suis toujours à lui récla-mer des chewing-gums, des bonbons enfin ce qu'elle appelle « toutes ces cochonneries colo-rées qui vous ruinent la santé ».

Décotis, lui, a automatiquement dix francs par semaine. Je suis à peu près sûr que c'est à cause de ses bonnes notes. Véronique, elle, ses dix francs, elle les obtient aussi chaque semaine et pas pour des bonnes notes ou en récompense de quelque action méritoire, comme ça, pour rien. Cette année, elle a réussi à économiser cent francs.

Moi, il me semble que j'aimerais mieux dépenser au fur et à mesure, surtout comme dit mon père que c'est pas intéressant de garder une monnaie qui se dévalue.

Zut ! Voilà que plongé dans mes pensées, j'ai bel et bien perdu la trace de Gudule et Gédéon. Se seraient-ils volatilisés ? Mais non, ils ont dû prendre la rue à gauche. Aucune trace des deux blouses noires dans cette rue quasi-déserte, pas plus que dans la suivante. Tiens, blouses, blousons, les deux G. sont peut-être des extra- terrestres mais sûrement pas des blousons noirs armés de chaînes de vélo.

Quel piètre détective je fais. A force de « digresser », je perds le fil et la trace de tout. C'est trop bête ! Je n'aurai pas de sitôt la possibilité de me ménager deux heures devant moi. Enfin, dans une avenue qui coupe le boulevard où je me trouve, j'ai juste le temps d'apercevoir les deux G. franchissant une grille qui s'ouvre dans le mur d'un jardin. Se sont-ils aperçus que je les suivais ?

Finalement, c'est moins loin de chez moi que je ne pensais et pas du tout dans les terrains vagues. La villa est située au soixante-quinze de cette avenue circulaire qui se nomme simplement boulevard de la République. Au-dessous du numéro, sur le mur de pierre est fixée une plaque. La villa s'appelle Andromède.

Andromède c'est assez nébuleux dans mon esprit mais ça doit avoir un rapport avec le ciel. Vous riez, à cause de l'adjectif nébuleux ? Moi j'ai ri aussi, après, quand j'ai su qu'Andromède était une nébuleuse. Mais je ne vais pas anticiper dans mon histoire, sinon entre les flash-back et ce qui s'est passé ensuite, je ne pourrais plus retrouver le fil de mon présent narratif. M. Véran dit toujours que le présent est le moteur de l'action et l'action je suis en plein dedans avec les deux G. qui viennent de disparaître dans la villa.

Je m'avance pour aller jeter sans être vu un regard à travers la grille. Le jardin est exigu. Deux arbres y perdent leurs dernières feuilles d'automne. On entre dans l'habitation par un perron de trois marches. La porte, en bois vert sombre est surmontée d'une marquise en verre. La maison possède cinq fenêtres, deux grandes en bas, trois petites en haut. Je n'entends pas le moindre bruit mais voici que la porte s'entrouvre. Si ce sont les deux G. qui sortent pour jouer, je pourrai les observer. Au cas où ils se dirigeraient vers la grille, pour, je ne sais pas moi, aller faire des courses, je n'aurais plus qu'à courir à toute vitesse pour me dissimuler dans la première des rues qui se présenterait. Or, que vois-je apparaître, deux superbes chats noirs à la démarche hautaine, pour ne pas dire, comme Gudule, hiératique.

Les chats contournent le parterre de fleurs central, bordé d'un buis nain qu'ils reniflent longuement, puis ils s'approchent tous deux de la grille. je ressens alors un trouble inexplicable. Les deux animaux qui ont décelé ma présence, se sont arrêtés de concert pour me fixer droit dans les yeux et ma parole, j'ai bien tout lieu de croire que ces prunelles d'un vert profond ne sont autres que celles des deux G. Les deux G. possèdent des yeux d'un vert on ne peut plus identique. Gudule ne dit d'ailleurs pas : « Mon frère et moi avons les yeux verts »

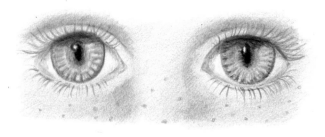

Non, elle précise de manière poétique : « Mon frère et moi avons les yeux glauques. » Barret, lui, avait déclaré : « Ils ont des yeux d'huîtres ». La comparaison était marine elle aussi mais à mon avis tout à fait horrible ! Brrr ! L'idée qu'on pourrait gober les yeux des deux G. comme des fines de claire... L'amour pousserait-il Barret à avaler Gudule toute crue, les yeux compris ou peut-être seulement les yeux pour la rendre amoureuse de lui puisqu'on dit que l'amour est aveugle ?

Ces deux chats-là, me fixent d'une manière tout-à-fait anormale. Ils ne viennent pas se frotter contre la grille. Non, ils se tiennent face à moi, immobiles. Je constate que ni leurs moustaches ne frémissent, ni leur queue ne bouge. Ma parole, ils m'hypnotisent. Je sens mon regard capté par le leur qui se met à cligner, à revêtir une expression vaguement moqueuse. « Eh bien oui ! Nous sommes les deux G., enfants comme les autres à l'école et chats à la maison. Allons, Julien Douard, tu ne nous reconnais pas ? »

Les deux chats parlent-ils ou bien est-ce moi qui me parle dans ma tête ? Je ne sais plus. Je suis trop troublé.

Rompant le charme, la porte de la villa s'ouvre en grand. Je serais soulagé d'en voir sortir Gudule et Gédéon, mais non, une femme brune à l'air sévère apparaît sur le seuil et prononce les mots suivants qui apportent dans la confusion de mon esprit une certitude affolante :

— Allez, les enfants vous rentrez !

M'a-t-elle aperçu, avant que je ne bondisse sur le côté ? Je ne le pense pas. Les deux chats ont fait demi-tour. Ils se dirigent en courant vers la maison, la queue dressée comme un « i ».

Je m'enfuis bouleversé. Pourquoi la femme qui doit être la mère des deux G. n'a-t-elle pas dit : « Allez, les minets... » ? Elle a bien énoncé sur un ton impératif : « Allez, les enfants... » De quels sortilèges les deux G. ne sont-ils pas les victimes pour être ainsi transformés en chats, en chats au pelage noir, satiné comme leur blouse ?

Ma mère s'attendait à me voir rentrer plus tard. Elle a remarqué que je n'avais pas l'air dans mon assiette. Effectivement la panade ne passait pas. J'ai horreur de cette soupe épaisse que ma mère mitonne avec nos restes de pain.

— C'est ce contrôle qui le tracasse a bougonné mon père et quand je pense que tu veux le lancer dans les études, pauvre petit gars, va !

Quand mon père prend ma défense, c'est qu'il a un différend avec ma mère. Elle a aussitôt répliqué :

— Eh bien, si c'est comme ça que tu l'encourages au travail... Pour l'instant, il est à l'école primaire et il doit faire au mieux ce qu'il a à faire.

Je n'écoute plus... Je ne pense qu'aux deux enfants-chats. Le chat ne figure pas dans les signes du zodiaque mais ces deux chats-là viennent peut-être tout de même du ciel.

Existe-t-il une constellation du chat ? Il faudra
que je m'informe. C'est fou ce qu'on est obligé
de savoir avec les deux G.

J'ai rêvé que j'étais porté en plein cosmos par deux gros matous ailés à visage humain, visages qui évidemment ressemblaient trait pour trait à Gédéon et à Gudule. J'avais terriblement peur d'être soudain précipité dans le vide. Mais non, leurs ailes phosphorescentes en forme d'ailes de chauve-souris m'emportaient sans effort. Pourtant après avoir croisé des milliers d'astres de toutes formes et de toutes couleurs, ils finissaient par me lâcher les chales sats vaches, les sales chats vaches !

J'aurais pu me raccrocher à l'anneau de Saturne, il était là, à portée de la main... Après une horrible et vertigineuse chute, je me suis senti rebondir dans mon lit en me réveillant. Ouf! Ce n'était qu'un cauchemar! J'en fais décidément beaucoup depuis que Gudule et Gédéon hantent la classe. Tiens, c'est vrai, je n'ai pas pensé qu'ils pouvaient être des fantô-mes. Mais non, les fantômes c'est même pas un squelette, juste un esprit, une force qui s'agite sous un drap blanc en émettant le bruit d'un cliquetis de chaîne, du moins étaient-ils représentés et décrits ainsi dans la dernière B.D. que je viens de lire : *Les fantômes de la H.L.M. 5.034.* Les deux G. eux, enfants ou chats, sont bien vivants!

Pressé de faire part de ma découverte stupéfiante à Véronique, je lui ai glissé à l'oreille avant que la sonnerie ne retentisse :

— Tu sais, ça avance mon enquête !

— Moi aussi, plein de choses à te dire.

— Alors on se voit ?

— Bien sûr, tu peux venir à la maison ?

— J'aimerais mieux que ce soit toi qui viennes à cause de ma mère.

— Entendu ! Je m'arrangerai avec la mienne et je lui filerai ton numéro de téléphone pour qu'elle soit tranquille.

Barret trouverait le moyen de dire que je suis amoureux s'il me voyait installer avec une certaine excitation le goûter sur la table de la salle-à-manger, tandis que ma mère parle avec Véronique et lui demande ce qu'elle fera plus tard. C'est rare, quand on peut le savoir à notre âge, ils sont étonnants les parents ! Véronique a répondu que plusieurs métiers la tentaient : architecte, ingénieur ou alors si elle se plante dans ses études, électricien ou plombier et ma mère s'est aussitôt écriée : « Mais ce ne sont pas des métiers de femme ! » Des femmes pourtant les exercent, on se demande alors pourquoi on ne dit pas, électricienne ou plombière, on dit bien pharmacienne ! Oui mais on ne dit pas chirurgienne, ni chauffeuse de bus ni ingénieuse qui fait trop penser à l'adjectif. Or, une tante de Véronique est chirurgienne, ça a bien épaté ma mère, déjà sidérée parce qu'elle vient d'apprendre que la fille de sa sœur aînée, autrement dit une de mes cousines, conduit un car de ramassage scolaire. Quel illogisme dans tout ça ! Illogisme, qui signifie dépourvu de logique, incohérent, absurde, incompréhensible, est bien le mot qu'emploierait Gudule.

Quand nous avons été bien rassasiés de cho-
colat onctueux et de tartines à la marmelade
d'orange, ma mère est partie faire ses commissions, nous en avions pour une bonne heure
de tranquillité. Véronique m'a d'abord aidé à
ranger les reliefs, autrement dit les restes de
notre goûter et à mettre les assiettes et les tasses dans le lave-vaisselle puis nous nous sommes assis par terre, le dos appuyé contre le
canapé, face à la télé que nous n'avons pas
allumée. Pourtant, il y avait la série américaine
des *Baroudeurs de l'espace*. Mais comme on
devine presque toujours ce qui va se passer,
la vérité vraie sur les deux G. me passionne ce
soir davantage.

Il vaudrait mieux que je laisse parler Véronique la première, mais il m'est difficile de garder plus longtemps ma stupéfiante découverte. Je suis tellement sûr que Gudule et Gédéon sont à la fois des enfants et des chats que... Eh bien voilà, j'ai tout dit d'un trait. Or mes paroles ne produisent pas exactement sur Véronique l'effet escompté. Ses yeux se sont élargis, ça la rend très jolie, l'air étonné, et puis, sans pitié pour mon amour-propre, elle se met à éclater de rire, un rire à n'en plus finir que j'interromps brutalement parce qu'il m'agace :

— Tu ne me crois pas ?

— Ah non, Julien, je ne te crois pas !

Je me sens vexé, je dois avoir l'air stupide, elle poursuit :

— Gudule et Gédéon ne sont pas des chats, ils ont deux chats ce qui est tout-à-fait différent et on ne peut plus normal. Ces deux chats s'appellent Galaxie et Gutenberg.

— Comment le sais-tu ?

— C'est Gédéon qui me l'a dit, même que c'est un jeu de mots du père des deux G.

— Comment un jeu de mots ?

— Bon, attends ! Tu sais ce que c'est qu'une galaxie ?

— Ben, euh !...

— Une galaxie c'est un énorme groupement d'étoiles comme la voie lactée, mais il y en a bien d'autres dans l'univers. Tu connais Gutenberg ?

— Celui qui a inventé l'imprimerie ?

— Oui, enfin celui qui a donné l'essor à l'imprimerie. Alors tu vois, de la Renaissance à nos jours, la connaissance s'est faite à travers les livres.

— Et ça ne va pas continuer ?

— On ne sait pas, peut-être. Certains savants estiment que nous quittons la galaxie Gutenberg pour entrer dans la galaxie Marconi.

— Marconi ? Ça veut dire qu'on va entrer dans l'ère des nouilles ?

— Les Italiens ne sont pas tous des fabricants de spaghettis, Marconi a travaillé sur les ondes. La galaxie Marconi, c'est les média, la radio, la télé, le cinéma, les ordinateurs... Tu vois !...

— Mais les livres, alors, on va les brûler ? Ils ne serviront plus à rien ?

— C'est justement ce qu'on ne sait pas et qui préoccupe.

— Comment sais-tu tout ça, toi ?

— Toujours par Gédéon. M. Atlantis est sociologue. Il essaie de définir comment sera notre avenir dans la centaine d'années qui va suivre. Il est professeur dans une université à Paris et s'absente donc souvent mais pour l'instant il préfère habiter ici pour écrire.

— Il écrit des livres ?

— Ben oui !

— Ça alors! Il prévoit Marconi mais il est pour Gutenberg. Qu'est-ce qui peut lui faire dire que Gutenberg c'est fini! Les livres... Ce serait un drôle de travail de tous les brûler.

— Oui, mais qui lit les livres? Regarde! Nous, on regarde bien plus la télé qu'on lit! Et pourtant M. Véran le répète toujours : le meilleur moyen d'avoir une bonne orthographe et de faire facilement les exercices de grammaire les plus ennuyeux, c'est de développer sa mémoire visuelle en lisant.

— Ici, c'est vrai, à part moi, personne ne lit. Ma mère dit que les livres ça fait désordre et pas net dans les rayonnages, elle préfère y mettre les bibelots et les souvenirs qu'on ramène quand on va en vacances...

Véronique regarde les souvenirs en question et fait la moue. Je vois bien qu'ils ne lui plaisent pas. Moi, j'aime bien la boule de verre qui contient le mont Saint-Michel et qui se remplit de minuscules débris blancs quand on l'agite. Ce doit être beau les flocons qui tombent sur la mer et qui, dès qu'ils frôlent cette surface liquide, glauque et mouvante sont aussitôt aspirés et bus par elle. Tourbillons de neige sur déferlements de vagues... Comme cette vision est soudain précise et belle en moi... Véronique me secoue légèrement :

— Eh, Julien, tu rêves ?

— Tu sais, Véronique, je n'aimerais pas que le livre meure ! D'ailleurs, tu vois, M. Atlantis, tout savant qu'il est, ne doit pas aimer ça non plus.

Nous voilà ramenés aux deux G. Véronique coupe brutalement le fil de mes pensées :

— Je ne t'ai toujours pas dit pourquoi les deux chats se nomment Galaxie et Gutenberg ?

— Mais si, tu viens de me le dire !

— Mais non, les chats auraient pu s'appeler Galaxie et Marconi. Eh bien, toujours d'après M. Atlantis, explications fournies par Gédéon, les chats qui ne parlent pas seraient trop primitifs pour appartenir à la galaxie Marconi. En effet que peuvent-ils dire au magnétophone, sinon Miaou...

— Enfin, je ne pense pas non plus qu'ils sachent lire dans les livres ? Je ne vois pas pourquoi ils appartiendraient davantage à la galaxie Gutenberg ?

— Peut-être savent-ils lire ?

— Véronique, tu te moques de moi ?

Je me sens vexé.

— Remarque, Julien, que Galaxie et Gutenberg, G.G. ça rappelle Gudule et Gédéon. D'ailleurs ils appellent leurs chats G.G. « Les G.G. ont bu tout leur lait, hier soir, les G.G. ont attrapé une souris dans le jardin... » Et tu sais, Julien, j'y pense, M. et Mme Atlantis en appelant ainsi les chats ont peut-être voulu rappeler à Gudule et Gédéon qu'il était important pour eux d'apprendre dans les livres et qu'ils appartenaient encore comme tous les écoliers à la galaxie Gutenberg.

— Oui mais pas exclusivement !

— Comment pas exclusivement ?

— Ben oui ! On va pas seulement apprendre avec les livres puisque M. Véran a dit qu'il y aurait à la rentrée de janvier un ordinateur dans l'école !

— Tu crois ?

— Oui ! Il a même dit qu'on travaillerait avec un studiciel ou un didacticiel !

— C'est quoi un didacticiel ?

— Je ne sais pas trop, mais Gudule m'a expliqué qu'il s'agissait d'une machine à enseigner dans laquelle on met un programme, un exercice de grammaire par exemple. Quand tu te trompes, l'ordinateur en question t'avertit que c'est faux, tu dois donc chercher à nouveau. Si vraiment tu ne trouves pas, il te donne la bonne réponse. Pendant tout ce travail, tu regardes un écran sur lequel est inscrit l'exercice.

Véronique a 10 ans
L'univers a 10
milliards d'années
...

— Donc il faut savoir lire puisqu'il faut déchiffrer le texte sur l'écran ?

— Eh oui ! Alors ce serait plutôt la galaxie Marconi qui se grefferait sur la galaxie Gutenberg sans la supprimer ?

Véronique avait gardé pour la fin de notre conversation la nouvelle la plus importante.

— Je vais en savoir plus, Julien, je suis invitée à goûter et à passer l'après-midi chez les Atlantis mercredi prochain.

J'ai l'impression que le lustre de notre salle-à- manger que Véronique trouve affreux, me tombe sur la tête. Je n'ai pas eu droit, moi, bien qu'assis en classe à la droite de Gudule à la même invitation.

— Allons, ne fais pas cette tête, Julien, si tu veux, je te fais inviter...

Je me sens de plus en plus mortifié, je voudrais dire non, mais en même temps j'ai une envie folle d'aller chez ces mystérieux deux G. Là je saurais vraiment s'ils ne viennent pas d'une autre planète pour avoir un tel recul de pensée par rapport à ce que nous vivons. Je réponds donc à Véronique :

— Tu crois qu'on m'inviterait aussi ?

— Sûrement !...

Ce matin il fait très froid avec un brouillard blanc à couper au couteau, mais mon père a dit que ça allait se lever et qu'il ferait un temps superbe cet après-midi. Tant mieux ! C'est si beau les feuilles rousses et folles qui tournoient dans le ciel bleu. Mais pour l'instant, on ne voit pas à trois mètres.

— Julien, tu mets bien ton écharpe autour de la bouche et du nez !

Ma mère est très mère poule, elle a toujours peur que je m'enrhume.

Devant l'école, j'ai eu un choc. Il m'a semblé qu'un engin tous feux rouges allumés se posait devant moi comme s'il venait du ciel. Il en sortait deux petites ombres qui se mettaient à courir, le vaisseau spatial repartait et disparaissait aussitôt. J'ai poussé Véronique du coude :

— T'as vu ?

— Quoi ?

— La soucoupe là, devant nous !

— T'as la fièvre, Julien, tu veux dire l'auto avec ses feux arrière. Sûrement celle de M. Atlantis, il lui arrive parfois de conduire en voiture Gudule et Gédéon.

Elle a toujours réponse à tout Véronique et ça m'énerve. C'est curieux mais on dirait que je m'entends moins bien avec elle depuis l'arrivée des deux G. Plus j'y pense, plus ces Atlantis me paraissent étranges. Je m'étonne que Véronique ne soit pas frappée par leur comportement bizarre. M. Atlantis peut tout aussi bien être sociologue qu'autre chose quelque part dans la nébuleuse Andromède. Quand il s'absente c'est peut être par la voie du ciel avec sa voiture qui se transforme en engin spatial. J'aimerais bien la voir, moi, sa voiture. Les différences marquées avec la nôtre me sauteraient immédiatement aux yeux. C'est tout de même pas naturel que M. Atlantis parle constamment de galaxie, jusqu'à nommer ainsi des chats qui ne sont peut-être pas de vrais chats. Et Gudule et Gédéon, vous trouvez que ce sont des prénoms courants ? Je suis de plus en plus persuadé que Véronique se fait embobiner par tout leur baratin. Finalement elle est naïve !

D'un air un peu moins pincé que d'habitude, Gudule m'a demandé à la récré si je voulais venir goûter mercredi prochain. Elle a ajouté avec une certaine sécheresse qu'elle aurait elle-même baptisée acrimonie :

— Il y aura ton amie Véronique.

Naturellement j'ai accepté. Elle me croit elle aussi amoureux de Véronique. Est-elle jalouse ? C'est Barret, tiens, qui serait drôlement content d'être invité à ma place !

Cette invitation me réjouit mais en même temps je la redoute. Je ne vois pas les choses aussi simplement que Véronique, moi ! Gudule m'a-t-elle invité spontanément ou bien poussée par Véronique ? Quelle importance ! Le principal c'est de pénétrer dans cette mystérieuse villa Andromède.

Ma mère est d'accord pour que j'aille avec Véronique chez les Atlantis.

Encore deux jours qui passent trop lentement à mon gré. Ce matin en récré, j'ai surpris Gudule, Gédéon et Véronique en plein conciliabule, ça veut dire conversation secrète et chuchotée. Tout de même, on fait des progrès de vocabulaire au contact des deux G. ! Mais faut pas que ça nous gonfle la tête, les deux Atlantis conservent plusieurs bonnes longueurs d'avance.

Je disais donc que les deux G. avaient l'air de comploter avec Véronique. J'ai même éprouvé la très nette impression qu'ils avaient changé de sujet de conversation à mon approche. On a joué à chat, les deux G. adorent ça, comme par hasard. Et puis, tout l'après-midi je n'ai pu m'empêcher de trouver Gudule bizarre, excitée, agitée, pas du tout réservée comme d'habitude. Comme je lui demandais si j'avais exactement noté la dernière phrase de l'énoncé des devoirs, elle a fermé son cahier, l'a rangé dans son cartable, s'est tournée vers moi, m'a regardé d'un air à la fois étrange et moqueur et a fait :

— Miaou !

Je suis demeuré interloqué. Je ne rêvais pas. Elle a répété plusieurs fois « Miaou » et je m'attendais à la voir se transformer en chat sous mes yeux. Son œil vert brillait comme celui d'un félin. Ses joues, ses mains n'étaient-elles pas en train de se couvrir de poils ? Il était quatre heures et demie. Hébété, je m'aperçus que je restais seul dans la classe avec M. Véran.

— Julien, mon ami, vous êtes particulièrement distrait ces temps-ci. Vos progrès pourraient être plus sensibles. Regardez Rambert, il est en passe de vous rattraper. Son voisinage avec le jeune Atlantis lui est certainement très profitable. Pouvais-je dire au maître que non seulement Gudule m'intimidait mais que je ne pensais pas qu'elle fût tout-à-fait terrienne. (Admirez cette concordance des temps et ce subjonctif imparfait : M. Véran exagère quand il me compare au plus nul de la classe !)

Quand je me retrouvai dehors, après avoir repris mes esprits, il y avait belle lurette que Gudule et Gédéon avaient filé. Avaient-ils eu le temps de regagner leur maison avant d'être métamorphosés en chats ? Que seraient devenus leurs cartables et leurs fameuses et trompeuses blouses abandonnés sur le trottoir ? Ça vaudrait le coup d'aller voir, mais ce soir, je n'ai pas le moindre alibi et puis mercredi c'est demain...

Ma mère a remarqué que j'étais tendu et nerveux. Elle a tout de suite imaginé le scénario classique : des mauvaises notes en classe et les avertissements de M. Véran. Or, c'est vrai, M. Véran m'a fait des remarques pas tout-à-fait justifiées, il a osé me comparer à Rambert. Il est aveuglé par les deux G. cet homme-là.

S'il savait qu'il s'agit de deux chats pas suffisamment savants pour entrer dans la galaxie Marconi puisqu'on les appelle Galaxie et Gutenberg comme s'ils étaient encore primitifs et prisonniers d'un monde déjà révolu ! De toutes façons, galaxie Gutenberg ou galaxie Marconi, ne serons-nous pas toujours des primitifs tant qu'avec les guerres, les violences et les discordes en tous genres les hommes se déchireront sauvagement entre eux ? C'est une idée que défend en tout cas M. Atlantis, Véronique me l'a dit, dans les livres qu'il écrit, ces livres qui font partie de la galaxie Gutenberg. Mais quand ces mêmes idées servent à des interviews radio ou télé et sont enregistrées sur cassettes, elles font partie de la galaxie Marconi, non ? Ça me travaille tout ça !

Ma mère m'a dit :

— Tu offriras une boîte de Calissons d'Aix à Mme Atlantis en arrivant chez elle.

Des Calissons pourquoi pas ! Moi je les aime autant que les Forestines de Bourges, les Bergamotes de Nancy ou les Bêtises de Cambrai... mais ne serait-ce pas le comble... d'offrir délibérément des Bêtises alors qu'on en fait déjà tellement par inadvertance (Elle est bien tournée, hein, ma phrase à la G.G. !)

C'est drôle, ça me gêne d'aller chez les Atlantis. C'est comme mes parents, toujours un peu embêtés quand ils doivent fréquenter des gens d'un milieu qui leur paraît supérieur au nôtre. Or, tout savant qu'il est, je suis sûr que M. Atlantis serait bien incapable de travailler le bois comme le fait mon père. Quant à la mère de Véronique, je la trouve très prétentieuse, chichiteuse et préchi-précha.

Finalement à quelque niveau et sur quelque plan que ce soit, on accepte mal les différences alors que « Les différences devraient enrichir. » C'est clairement dit dans une histoire que nous a lue M. Véran l'autre jour. Moi, les deux G., je les trouve si différents de nous, si bizarres, que j'ai bien du mal à les considérer comme de vrais potes.

Le jour J. est arrivé ! Je tremble d'excitation.
Ma mère a tenu absolument à ce que je mette
la chemise du mariage de la cousine, celle qui
a un col volanté qui me fait ressembler à une
fille. Ça se rapproche du col des deux G., mais
si les copains me voyaient ils rigoleraient. je
vois déjà la tête de Barret :

— Visez-moi un peu Julien-Julienne ! Tu
l'as piqué à ta mère ce corsage ? Manque plus
qu'les nichons à l'intérieur !

Oui ! Je suis sûr qu'il dirait ça Barret. Il est bête, vulgaire, il abîme tout ! Véronique, elle, m'a trouvé très chouette ! C'est vrai ! Elle me va bien cette chemise et dire que je n'oserais pas la porter devant ce crétin de Barret. Je vois pas pourquoi il se gonfle en se vantant de ses biscoteaux et en se glorifiant d'être un mec ?

Nous marchons d'un bon pas, Véronique et moi vers la mystérieuse demeure des Atlantis. Elle, avec sa petite caissette de pâtes de fruits, moi avec ma boîte de calissons bien serrée sous le bras. Je n'aime pas ces cadeaux obligés, ces cadeaux de convenance. Véronique trouve que c'est normal d'instituer des occasions, sinon les gens ne penseraient pas à être un peu moins égoïstes, un peu moins méchants. Alors, Noël, le jour de l'an, la fête des mères, des pères, on est gentil et puis le reste du temps on peut faire n'importe quelle vilénie ? Ça ne me va pas ! Ça aussi c'est primitif ! C'est tellement plus agréable de recevoir ou de se faire des cadeaux quand personne ne s'y attend, pour le vrai plaisir ! Là le cadeau prend tout son sens, il est sincère, pas seulement une politesse ou comme dirait Gudule avec son vocabulaire dont M. Véran nous fait toujours un peu trop admirer la justesse : « pour satisfaire aux rites sociaux » Ah ! On voit bien que son père est sociologue à celle-là !

Sur la place de la mairie nous regardons passer tout le cortège d'une noce.

— Tu vois, me souffle Véronique, on manque de plus en plus de rites à notre époque : la preuve... ce mariage comme autrefois !

C'est vrai ! Ces gens là ont fait un retour en arrière. Précédant la mariée, en robe mil neuf cent, coiffée d'un chou de cheveux auréolé de tulle blanc, un violoneux se dandine en jouant

un air entraînant sur son instrument. Les chapeaux hauts de forme surmontent des redingotes démodées. Une calèche noire tirée par des chevaux enrubannés et pomponnés attend les mariés.

— Mais tu vois, remarque Véronique, le retour du passé n'est pas total puisque les invités vont suivre avec leur auto dans une cacophonie de klaxons.

— Pourquoi, dis-je alors, ne pas se marier
en extra-terrestres avec des combinaisons
blanches et des petites antennes sur la tête ?
Ça fait rire Véronique.

— Oui, c'est vrai, mais tu sais, on n'aime pas
empiéter sur l'avenir, l'avenir inquiète, le passé
rassure. On trie, on choisit, on garde ce qui
plaît et qui a déjà été essayé avec succès, on
rejette après coup tout ce qui dérangeait.

— Eh bien, Véro, heureusement qu'il y a des gens qui aiment inventer sinon rien ne changerait.

— Oui mais, les choses qui changent trop vite, ça fait peur non ?

Elle, la naïve, je parie que les 2 G. ne l'impressionnent pas tout simplement parce qu'ils portent des blouses de classe qui ressemblent à celles de nos grands-parents.

Nous voici boulevard de la République et déjà nous apercevons la villa Andromède, j'allais dire la nébuleuse. Non, les murs de la maison sont parfaitement nets et en bonne pierre de taille. Nous traversons le jardin désert et nous sonnons. Mme Atlantis nous ouvre la porte et remercie avec un grand sourire pour les cadeaux que nous lui remettons aussitôt. Ça a l'air de lui faire plaisir. Je jette des coups d'œil curieux sur les lieux tandis que la mère des deux G. nous conduit dans leur salle de travail et de jeux. Alors que chez Véronique tout est moderne et léger, chez les Atlantis tout est massif et pas très neuf. Véronique me souffle à l'oreille :

— Ils ont des meubles anciens superbes !

Costaud tout ça mais pas jeune ! Je n'aime ni le chignon serré de Mme Atlantis, ni sa triste robe noire. Décidément ils aiment le noir dans cette famille. La salle de jeux n'est pas plus gaie. Elle donne à l'arrière de la maison sur une espèce de grande pelouse pelée et striée de terre, cernée d'arbres touffus. Cette pelouse pourrait bien servir de piste d'envol ou d'atterrissage à une soucoupe ! La mère des deux G. ouvre une des deux fenêtres pour appeler ses enfants. Puis elle se retourne vers nous pour nous préciser qu'ils ne vont pas tarder, qu'elle part faire des courses en ville, que

Gudule et Gédéon ont préparé eux-mêmes le goûter et qu'ils ont promis d'être raisonnables. Leur arriverait-il à ces deux enfants modèles d'être insupportables ?

Homo habilis [A] est le premier homme préhistorique à être classé dans le même genre que l'homme moderne.

Homo erectus [B] a un cerveau beaucoup plus grand que celui des australopithèques (environ 1000 cm³). En général, la taille d'*H. erectus* était assez proche de l'homme moderne [C].

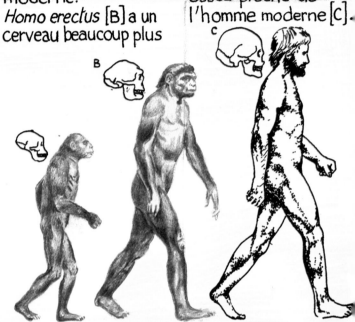

J'examine les lieux, les étagères pleines de livres, le tableau noir et les deux pupitres qui font ressembler la pièce à une salle de classe du début du siècle. Sur les murs, s'étalent une carte de France, un planisphère, un dépliant montrant l'évolution de l'homme de l'australopithèque à l'homo sapiens et enfin une magnifique carte du ciel. Tiens, comme par hasard !

Véronique me tire de ma contemplation.

— Viens voir, la disposition du goûter est étrange. Il se pourrait que tu aies raison, Julien.

Sur une table roulante, sont disposés deux tasses, deux assiettes, du cacao bouillant dans une chocolatière en argent, de la brioche et une tarte aux pommes. Mais à côté, par terre, je dis bien par terre, se trouvent deux bols emplis de lait, deux plats contenant des boulettes de je ne sais trop quoi et deux serviettes marquées de l'initiale G.

— Attends, ce n'est pas tout, Julien, viens voir !

Sous le tableau noir, il y a une petite estrade et sur cette estrade des livres ouverts présentant des caractères bizarres.

— C'est du japonais ! affirme Véronique.
— Du japonais ?
— Oui, regarde, les petits dessins qui représentent l'idée de ce qu'on veut dire, sont des idéogrammes, les autres signes viennent des syllabaires appelés Hiragana et Katakana. Ils servent à la construction grammaticale des phrases.

Japonais, japonais, pourquoi pas un langage du ciel ! Mais je garde mon intuition pour moi. Si c'était vraiment du japonais, j'aurais une fois de plus l'air bête aux yeux de Véronique, qui m'a l'air fabuleusement instruite, et je me demande par qui, sur les langues orientales !

Gudule et Gédéon n'arrivent toujours pas, mais en jetant un coup d'œil par la fenêtre, j'aperçois les deux chats. Ils traversent la pelouse et se dirigent vers la maison. Véronique m'a rejoint.

— Tu te rends compte, Julien, si tu avais raison ?

Nous commençons par avoir un peu froid dans le dos, pourtant les radiateurs dispensent une douce chaleur. Nous restons serrés, Véronique et moi, l'un contre l'autre. Il se produit alors une sorte de grattement de griffes suivi du déclic de la porte qui s'ouvre en grinçant légèrement et les deux chats pénètrent l'un derrière l'autre dans la pièce. Ils se précipitent tous les deux sur Véronique pour se frotter contre ses jambes. Je n'ai pas droit aux mêmes faveurs. Ont-ils l'impression que je les espionne ?

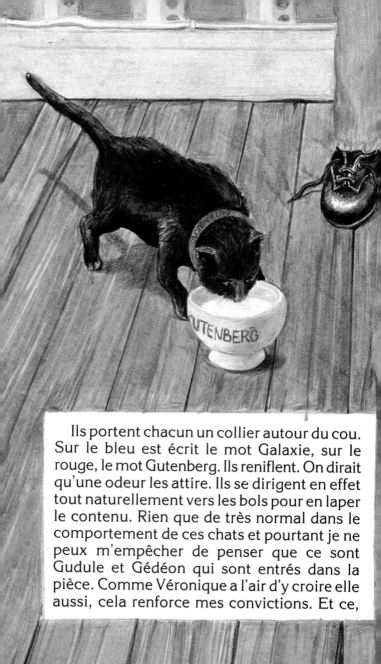

Ils portent chacun un collier autour du cou. Sur le bleu est écrit le mot Galaxie, sur le rouge, le mot Gutenberg. Ils reniflent. On dirait qu'une odeur les attire. Ils se dirigent en effet tout naturellement vers les bols pour en laper le contenu. Rien que de très normal dans le comportement de ces chats et pourtant je ne peux m'empêcher de penser que ce sont Gudule et Gédéon qui sont entrés dans la pièce. Comme Véronique a l'air d'y croire elle aussi, cela renforce mes convictions. Et ce,

d'autant que les deux G. n'apparaissent toujours pas !

Mais alors, Mme Atlantis savait que nous
allions goûter avec des chats ? Pas l'ombre
d'un doute puisque leur goûter est disposé à
même le sol. Cette histoire est de plus en plus
folle ! Je voudrais que Gudule et Gédéon sur-
gissent. Je voudrais me réveiller de ce mauvais rêve. Un des chats, Galaxie naturellement,
vient de sauter sur le cartable de Gudule.

— Tiens dit Véronique, Gudule veut nous montrer quelquechose.

— Gudule ?

— Ben oui, Gudule, décidément, Julien, tu es très fort d'avoir deviné cette métamorphose stupéfiante des deux G. !

C'est vrai, ma découverte me surprend moi-même mais ce qui m'épate c'est que Véronique accepte la chose avec une évidence pour le moins effarante, à croire que... Je ne précise pas ma pensée, je la refoule même le plus que je peux dans quelque recoin sombre de mon cerveau. Que veut donc nous montrer la chatte Galaxie, alias Gudule ? Elle miaule et s'amuse avec un papier qui dépasse d'un cahier. Je m'approche. Il s'agit d'une lettre qui nous est à tous deux destinée. En effet on peut lire sur l'enveloppe : pour *Véronique et Julien*.

Chers amis,

Bravo Julien pour ton étonnante perspicacité. Nous sommes bien effectivement deux enfants-chats et nous appartenons à une lointaine planète dont nous avons été exilés avec nos parents. Notre père refusait de brûler ses livres.

Je pousse Véronique du coude.

— Ils ne voulaient pas quitter la Galaxie Gutenberg ?

Je me replonge dans la lecture de cette lettre tandis que la chatte vient frotter sa tête contre ma main appuyée sur le banc d'école.

*C'est ainsi que nous avons été condamnés
mon frère et moi par le Grand Organisateur
à être ici sur terre, enfants pendant douze heures et chats les douze heures qui suivent et
ainsi de suite. Vingt quatre heures constituant
comme vous le savez votre journée terrestre.
Nous ne savons pas combien de temps durera
cette punition.*

Je m'interromps à nouveau.

— A ton avis, Véronique, le Grand Organisateur, c'est quoi ? Une sorte de Président de
la République ?

— Je dirais que c'est un chef d'Etat bien
plus autoritaire, une sorte de dictateur
intransigeant.

Je poursuis.

Nous avons supplié le grand Organisateur de ne pas révéler à notre père que nous avions accepté cette métamorphose pour qu'il puisse emporter tous ses livres en exil. Notre mère, elle aussi, ignore notre sacrifice.

Ça ne nous déplait pas trop d'être des chats. Mais ce qui est terrible c'est la métamorphose elle-même qui demande une bonne minute pendant laquelle les transformations que subit notre corps sont très douloureuses.

Vous allez penser que les livres posés sur l'estrade sont japonais. C'est bien du japonais en effet mais cette langue a été il y a des milliers d'années apportée sur ces terres, dites par vous extrêmes orientales que sont la Chine et le Japon, par un petit groupe d'exilés de notre planète OBI, marquée d'un petit point rouge sur la carte du ciel placée sur l'un des murs de cette salle.

Je bondis pour voir. En effet, près du point rouge tracé au crayon feutre est écrit le mot OBI... Je retourne à la lettre où les deux G. précisent que le mot OBI a été repris par les Japonais pour nommer ainsi la large ceinture que les femmes portaient autrefois sous la poitrine pour serrer le kimono autour de leur taille.

Toutes ces précisions m'ahurissent, me confondent, me renversent. Les deux G. terminent cette lettre surprenante en disant :

N'hésitez-pas à nous caresser, mais surtout pas à rebrousse-poil et à nous gratter agréablement le crâne entre les deux oreilles.

A demain. Nous vous recommandons silence et discrétion vis-à-vis des copains et copines de la classe.

Et c'était signé :

Gudule / Galaxie   *Gédéon / Gutenberg*

Alors que j'étais pétrifié, Véronique, elle, me semblait tout excitée.
—Te rends-tu compte, Julien, de tous ces prodiges dont nous sommes les témoins ? Regarde, Gédéon, je veux dire Gutenberg !

Le chat, vautré sur les livres, qui étaient, je venais de l'apprendre des livres obiens et non pas japonais en frottait les pages avec une patte. Comme je tentai de lui arracher l'ouvrage qui, me précisa Véronique, se lisait en commençant par la fin, à l'inverse des nôtres, Gutenberg sortit des griffes impressionnantes en crachant de fureur. Je retirai précipitamment la main.

Je n'avais pas faim. Il me tardait maintenant de fuir cette maison insolite, ces chats pour le moins extraordinaires et je ne tenais pas à me retrouver devant le personnage sévère de Mme Atlantis.

Après une nuit agitée, peuplée de chats miaulants qui ramassaient, pour les avaler à leur tour, les idéogrammes obiens que je vomissais en grande quantité, je me retrouvai assis à côté d'une Gudule à l'air vif tout-à-fait petite fille et qui, à la place du nœud noir qui tranchait habituellement sur son col, avait agrafé un joli bouquet de petites fleurs en tissu léger. Je me couvris de ridicule, ça je le sus plus tard, en lui demandant si lorsqu'elle était chatte il lui arrivait de manger des souris vivantes ?

— Une seule fois, pour voir, mais ça ne m'a pas plu.

Je poussai un soupir de soulagement mais tout de même elle l'avait fait. Ses canines qui devenaient pointues lorsqu'elle se métamorphosait avaient entamé le fin pelage de la souris, fait jaillir le sang de la chair violentée et le reste de sa mâchoire avait broyé les os. Quand Gudule souriait, je fermais les yeux pour ne pas voir ses dents.

Véronique était devenue une grande amie des deux G. Ils formaient un trio inséparable. Je ne partageais pas leurs jeux en récré. Un grand malaise persistait en moi. Je ne pouvais m'empêcher de trouver le frère et la sœur très bizarres quand je les observais.

Quelques semaines plus tard, les deux G. disparurent définitivement de notre horizon. Le maître nous expliqua que la famille s'intallait à Paris. Mais pour moi, il était bien sûr que l'exil ayant probablement pris fin, ils étaient retournés sur la planète OBI. Je me surprenais à me demander si Gudule n'avait pas été plus vraie en animal qu'en petite fille et si je ne l'avais pas préférée en chatte quand elle était venue frotter sa tête contre ma main tandis que je lisais la lettre qui nous expliquait à Véronique et à moi sa métamorphose.

Au bout de quelque temps, Véronique a eu honte de sa supercherie ou pitié de moi, de ma crédulité ou encore elle a voulu me mortifier, m'obliger à me rendre compte que j'avais été naïf. Eh bien, vous me croirez si vous voulez, elle a eu beau me dire qu'elle avait elle-même écrit la lettre avec Gudule, que les livres étaient bel et bien des livres japonais, que Gudule et Gédéon étaient sans le moindre doute des enfants et les chats des chats, je continue à croire à mon histoire. Je l'ai racontée récemment dans une très longue rédaction qui m'a pris un sacré temps. Je voulais qu'elle soit bien écrite avec plein de ces mots nouveaux que j'avais appris grâce aux deux G.

Lorsque M. Véran a rendu les devoirs, il s'est écrié avec enthousiasme, après m'avoir complimenté :

— On va photocopier ton texte, et tu pourrais l'envoyer à Gudule et Gédéon Atlantis, puisque j'ai leur adresse.

Voilà ! Vous venez de lire le récit de cette fabuleuse aventure. En dépit des preuves qui m'ont été fournies, je doute toujours de l'origine terrienne des deux G. Je continue à penser qu'ils sont des Obiens et que Paris n'est que leur nouvelle terre d'exil.

Véronique prétend que j'ai beaucoup d'imagination et que sans doute je serai un jour écrivain.

Il fait froid, il neige, les jours s'éternisent.

Nous avons attendu plus d'un mois la réponse de Gudule et Gédéon. Et puis, un matin, mon paquet est revenu à l'école. Il portait sur l'enveloppe : inconnu à l'adresse indiquée.

— Tiens, c'est curieux tout de même, a dit M. Véran, ou bien j'ai mal noté, ou bien ils ont changé de domicile !

Les autres étaient déçus et tiraient des mines longues. Mon cœur à moi s'est mis à galoper tout empli d'une incroyable mais merveilleuse certitude : les Atlantis avaient regagné la planète Obi.

Dans la même collection

LE NAVILUK

de Thérèse Roche

*Grand Prix de la Science-Fiction Française
pour la Jeunesse*

Vvvroumm... Vlan...
Sliiiiiick... Slack...
Chuuiiiit...

Astrée se pose en douceur sur la planète qui vient de l'attirer dans son orbite.

Elle arrive tout droit d'une lointaine giclée d'étoiles en tous points semblables à la voie lactée.

Son petit astronef couleur de mandarine s'est immobilisé au flanc d'une colline, sous un soleil dentelé qui éclaire des immensités de végétation verte et fauve.

Illustrations de Véronique Salomon.